KB069260

문학수첩 시인선 119

나도 가끔은

문학수첩
시인선
119

나도

가끔은

문학수첩

TV 드라마를 보며 눈물 훔치는 나이가 되어서야
시를 온전히 사랑하는 법을 알게 된 것 같아 마음이 바빠
집니다.
이 또한 욕심이지만 '더 늦게 전에'라고 스스로 최면을 걸며,
시가 나에게 주는 위로와 위안을
외롭고 아프고 조금은 소심한 그리고
하루가 힘겨웠던 이들과 함께 나누고 싶습니다.

누군가 시를 읽고 쓰는 시간이
오롯이 나를 마주하여 아픈 나를 안아 주고
다시 세상 속으로 한 발 한 발 발걸음을 떼는
마음 치유의 시간이 되기를 기원합니다.

2024년 3월
옥세현

서시

와락
너를 안는 순간

오롯이
나를 만나는 시간

차
례

1부. 마음 읽기 : 상처거나 그리움이거나

2부. 고백하기 : 독백 혹은 성찰

3부. 안아 주기 : 사랑 그리고 위로

4부. 세상 속으로 : 공감하고 소통하고

마음 읽기
: 상처거나
그리움이거나

자서전

늦은 가을을 걷고 있는
뒷모습에서
그 사람의
세월을 읽는다

고단했던
어떤 마음에 대하여

막막해서 완강했던
침묵에 대하여

차마 전하지 못한
사랑에 대하여

해 질 녘

천천히
녹슬어 가는 문장들이

한 사람의
등 뒤에서
붉게
물들어 간다

내 몸속에 그리움이 산다

내 안에 뿌리내리고 자라고 숲을 이루며
그리움이 있어 나는 점점 식물성이 된다

그리움의 꽃말은
'더 사무치게 더 애잔하게 더 미치게'이다

그리움의 본질은 너,
너의 부재와 결핍이 그리움의 근원이다

그리움은 내가 지나온
외롭고 슬프고 아팠던 시간 속에 있다

그리움은 무해하다
누군가를 배신하지도 해치지도 않는다

그리움은 자작나무의 시린 빛깔과
새벽안개의 아스름한 향기를 지니고 있다

그리움이 임계점에 다다르면
격렬하게 들끓고 애절하게 녹아내린다

그리움은 변화무쌍하여
때론 폭설로 때론 노을로 오기도 한다

그곳에 꼼짝없이 갇혀서
너의 부재를 견디며 하루하루

나는 그리움을 살고 있다

청춘
기록

내가 사랑을 잃었을 때 누군가는 목숨을 잃었고, 빈 하늘
만 노려볼 때 어떤 이는 피투성이가 되었다 보내지 말아야
할 것을 떠나보내고 가슴에선 별들이 사라졌고, 넘어지지 않
아야 할 곳에서 넘어지고 세상은 절벽이 되었다 거침없이 아
팠던 계절, 한 마리 날것이었던 시절

미안하다 그때,
그 누구의 아픔도 몰라봐서
나만 아픈 줄 알아서

지그시 눈을 감고

내 그리움은
어디쯤 가고 있는지

내가 놓쳐 버린
아프고
외롭고
슬펐던 것들을 향해
가고 있는지

방금 당도한 사랑
여기 어울려 사는
무해한 것들을
찾고 있는지

기나긴
시간여행의 끝에서

지친 발걸음은
다시
내게로 향하고 있는지

늦은 가을
저만치서
푸르스름한
그리움의
냄새가 난다

이제 내 그리움은
어디까지 오고 있는지

가족
사진

  생의 한가운데를 뜨겁게 지나갔던 시간들이 나를 용서해
주던 날
  오래된 가족사진을 만났다

  사진 속 등 굽은 그림자들에게
  내 것이 아니었던 사랑을 되돌려 주고 싶은데
  아마도 다음 생에서나 그럴 수 있을 것 같다

  그때까지 가족사진은 안녕하길

추억은 전화도 없고

오늘이 찾지 못할 곳에서 추억은 안녕한지

비에 흠뻑 젖은 하루를 업고 돌아온 밤
이 하염없는 사연들은 왜 울고 있는지

조각난 서사의 주인공은 누구였는지
서사의 끝은 해피 엔딩이었는지
떠나간 추억은 아무 말도 없고

잠들지 못하는 잠결에
나는 왜 옛날에게 쫓기는지

가랑비 내리는
골목 끝에서 울컥하고 있는지

별들이 사라진

어둠 한 켠에서 시들어 가고 있는지

눈에 밟혀 부스러기가 된 추억은 전화도 없고

아직 발견되지 않은 시는 어디에 있는지

내 뒷모습은

예정에 없던 순간들이 모여
운명이 되었다는 풍문을
장례식장에서 들었다

얼마나 많은 우연이 모여
오래된 뒷모습이 되었는지

뒷모습은 왜 또
눈물이 되는지

사흘 내내 웃고 있던 301호 흑백사진은
뒷모습도 웃고 있는지

술잔을 기울이던 소문들은
삼삼오오로 섞여 더욱 은밀해지고

어느 순간 선택된 운명은
흘러간 세월만큼 등 뒤에
고요한 서사를 남긴다는데

피할 수 없는 운명이 남긴
내 마지막 뒷모습은 어떤 계절인지

서른아홉의 간이역

밤새 달리던 기차가 멈춰 섰다
정차한 역의 이름을 묻자 역장은
기차가 언제 다시 들어올지 모른다고 했다
홀로 남겨진 역 벤치에 나른한 몸을 밀어 넣고
빠르게 스쳐 갔던 창밖의 시간들을 떠올려 본다

청춘의 시절에는 슬픔만으로 살아갈 수 있었다
별을 쫓던 시절에는 몇 번이고 나를 잃어버렸고
어느 해인가는 가을이 너무 빨리 사라져 버렸다
말 달리던 인디언들은 어느 순간 멈춰 서서 뒤돌아본다
너무 앞서 나간 몸이 영혼을 놓칠까 두려워서

멈춰야 비로소 보이는 것들을 기억에 담으면서
서른아홉은 낯선 간이역에서 기차를 기다리고 있다
이제 마흔이라는 계절은 행복할 수 있을까

동병상련

아득한 우주에서 빛나던 별들이 시간 바깥으로 떨어져 시들어 버리면 돌멩이가 된다는데

툭, 툭 발로 차던 돌멩이들이 그래서
그렇게 눈에 밟혔나 봐
시리도록

중년

앙상한 11월. 어눌한 산그늘의 헛기침에도 바스러지는 것.

흐르지 않는 강물. 다음 생으로 거슬러 오르지 못하는 은
어 떼.

밤을 뒤척이다 덜컹거리는 마른기침. 더욱 단단해진 각질
같은 것.

캄캄한 밤보다 더 불온한 새벽. 자아분열 중인 심장.

그러다,
처마 끝에서
툭
툭
떨어지는 소낙비.

그

소낙비가

내는

풍경 소리.

그 여자 － 행복요양원

세월의 속도에 체해서 노랗게 물들어 구급차에 실려 간 여자,

네 살 함박웃음으로 하루 다섯 번씩 밥을 먹는 여자,

텔레비전에서 걸어 나온 배우들과 악을 쓰며 싸우는 여자,

종일토록 휴지로 실을 꼬아 상처 난 기억의 조각들을 꿰매는 여자,

언제나 왼쪽으로만 도는 고장 난 시간 속을 헤매는 여자,

점점 인생이 짤막하게 요약되는 여자,

내가 버린 그 여자.

오늘도 안개 자욱한 그곳에서 성모 마리아와 부처의 도움 없이도 서늘한 원망을 지우고, 하얗게 흘러나오는 찬송가 소리 맞춰 윤회를 거듭하는 여자가 있다. 이제 그 여자의 부재가 일상적으로 익숙해지고, 언제 그 여자를 버렸는지 아무도 기억하지 못한다.

닭들도 울지 않는 잊혀진 아침, 행복요양원 그 여자가 돌아올지도 모르는 길 위에서 새벽안개를 쓸고 있는 텅 빈 그림자 하나 보인다.

낭
만

청춘의 낭만
불타는 한여름 밤의 콘서트

서른의 낭만
가을을 따라나선 나를 찾아 떠나는 여행

오늘의 낭만
어른으로 산다는 것이 부끄러워
망가진 시나 고쳐 쓰고 있는
참, 철없는 낭만

섬

섬이 되었을까 너는

수줍게 껴안은 두 입술이
풀밭 사이에서 젖어 오던
그 저녁의 이름은 어디로 사라졌는지

너는 아프지 않다고 했다
미처 하지 못한 괄호 속의 말은
강물이 되었고

저마다의 사연을 간직한 여름밤 별들과
먼저 취해 버린 소주병들이 강둑에 걸터앉아
무심히 한 시대를 바라보았다

너는
그 시절을 밟지 않고도 멀리 떠날 수 있었을까

섬이 되기 위해서는
먼저 강물로 흘러야 한다는데
너는
강물이 되었는지 섬이 되었는지

아직도 전화기는 울리지 않고

그리움

이처럼 사무치고
이처럼 격렬하고
이처럼 들끓고
이처럼 애타는

너무 보고 싶은
오랜 기다림 끝에 오는

이처럼 외롭고
이처럼 슬프고
이처럼 아프고
이처럼 괴로운

고독을 닮은
몸살을 심하게 앓고 있는

이처럼 설레고
이처럼 아련하고
이처럼 간절하고
이처럼 아슬아슬하게

네 부재의 시간을
그 겨울의 결핍을
살아 내고 있는 건
외로운 영혼을 지닌

그리움
때문인지도 몰라

안
부

너 안에 있는
오직 한 사람은
잘 살고 있는지

내 안에 있는
한 사람도
안녕한지

마음 바깥에서
서성이고 있을 짝사랑들도
모두 무사하기를

지금도

고백하지 못한 말들을 엮어
어둠을 틈타 편지를 쓰고

졸고 있는 초승달 옆에서
가을 닮은 노래 한 소절 읊조리고

그러다가 불쑥 네 생각도 하면서
그렇게 지금도

첫
눈

첫눈이 내린다
기다리는 것이
첫눈인지
눈사람인지도 모르면서

함박눈이 내린다
봄이 와도 녹지 않겠다던
그 시절 눈사람은
보이지도 않는데

이미 풍경이 되어 버린
슬픔 하나
푹
푹
젖어 드는데

첫눈이 내린다

함박눈이 내린다

2부.

고백하기

: 독백
혹은 성찰

고
백

가난한 내 세상을 대신 살아온 한 여인에게

창문으로 도망쳐 버린 아침 햇살과
아무 위로도 되지 못했던 저녁노을
속절없이 쏟아부었던 장대비와
무심하게 흘러만 가던 강물까지
그 밖에도 야속하고 한심한 것들이

모두
나였음을

사막여행

멀리 하늘선이 보이는 사막을 걷는다
내 발자국이 삐걱거리는 동안
낙타는 어떤 절망도 없이
묵묵히 모래 언덕을 거슬러 오른다

불안하지는 않아
우리는 죽기 위해서 살아가니까

모래 사원에서 오래된 경전을 읽는다
시간 바깥으로 떠난 사람들에 대해
다른 세상에서 온 영혼들에 대해
사막의 언어는 은밀하고 경건했다

시샘하지 않아
나보다 더 불온한 문장은 없을 테니까

사막은 늘 슬프다
진짜 슬픔처럼 빛깔도 냄새도 통증도 없다
슬픈 사막이 더 녹슬기 전에
낙타에게 무릎 꿇는 법을 배운다

나와 헤어진 사람들을 위해
나에게 무해한 모든 것들을 위해

강
물

곁에 머물 수 없는

운명을 거스를 수도 없는

그래서 아픈

해질녘의 단상

물에 빠진 사람의 지푸라기가 되어 본 적 없습니다

땡볕에서 밭매는 농부의 그늘이 되어 준 적 없습니다

아침을 열고 후두둑 떨어지는 빗방울 소리를 듣지 못했습니다

새벽이 되도록 내 편이 없어 울고 있는 가난한 여인을 안아 주지 않았습니다

숲 낮은 그늘에 가려져 있는 질경이와 씀바귀를 밟고 지나갔습니다

종일토록 하늘 한 번 쳐다보지 않았습니다

그러고도 저에게 십자가를 짊어지게 하신 하나님을 원망

했습니다

오늘도 또 하루를 절벽이 되어 지냈습니다

이 밖에도 생각지 못한 모든 죄에 대한 용서를 구하지 못
했습니다

그럼에도 남은 생이 붉은 노을로 흘러가길 희망합니다

여
행
중

끝내 도착할 수 없는

섬 같은

널 향해

오늘도

난

소심하게

뻔한 일요일

햇살 좋은 일요일
당신 집을 나오면서 자꾸 눈가를 훔칠 것이다

휠체어에 납작 붙어 있는 그림자를 보며
억지웃음을 환하게 지을 것이다

틀니도 없는 마른 입속으로
편의점의 차가운 두유를 넣어 줄 것이다

내가 누구예요 엄마 이름이 뭐야
질서정연한 의미 없는 질문들이 튀어나올 것이다

이미 폐지가 된 손을 잡으며
마치 처음처럼 울컥해질 것이다

스마트폰 속 젊은 날을 찾아

지워진 얼굴들을 한 장 한 장 넘겨 줄 것이다

시계를 힐끔거리며
말라붙은 어깨를 애무할 것이다

다음에 다시 올게요
습관이 된 말을 뱉으며 서두를 것이다

엄마인지 아닌지 모르는 그림자가
손을 뻗으며 검은 눈물만 흘릴 것이다

일주일을 온통 나를 기다리고 있었나요
덜컹거리는 휴지로 홀로 남을 눈물을 닦아 줄 것이다

다시 혼자가 된 당신의 시간은
기억의 반대편 어디쯤에서 멈출 것이다

다음에 다시 올게요 백세요양원,
당신 집을 나오면서 자꾸 눈가를 훔칠 것이다

나
가 도
끔
은

온 밤을 버티고 선 그리움이 거칠어질 때
연애도 없이 사랑만 있다거나
기다림이 끊어지지 않을 때
나도 가끔은 강물이 된다

바다가 보고 싶어 산을 오를 때
고집 센 어둠을 만난다거나
눈물이 나는데 배도 고플 때
나도 가끔은 강물이 된다

밤이 오래도록 새벽이 오지 않을 때
가뭄 끝에 쩍쩍 금이 간 빈 하늘을 본다거나
첫눈도 없이 눈사람이 보고 싶을 때
나도 가끔은 강물이 된다

떠난 그대 돌아올까 죽지도 못할 때

길 아닌 곳으로 마음이 휘어진다거나
어줍은 시가 아무 말도 하지 못할 때
절벽을 뛰어내리는 강물이 된다
나도 가끔은

시작(詩作) 시작(始作),

견딜 수 있을 만큼 견디고

참을 수 있을 만큼 참다가

도저히 어쩔 수 없는 바로

그때,

딱 좋은 날

첫눈도 없이 불쑥
겨울이 들이닥치고
군데군데 금이 간 세월 사이로
숭숭 바람만 넘나드는
그런 날은

돌아갈 곳도 없는데
어김없이 밤은 찾아오고
내가 잠들기도 전에
별들이 먼저 죽어 버린
그런 날은

그리 깊지 않은 어둠에도
새벽은 길을 잃고
스스로 감옥이 된 그대
절벽으로 뛰어내린

그런 날은

소주 한 잔 권할 무덤도 없이
떠난 그대 그리워
빈 하늘에
감나무 한 그루 심어 보는
오늘 같은
그런 날은
한잔하기 좋은 날

사랑하기 딱 좋은 날

어느
자작나무의
장례식장에서

너는 몸속에 생애를 기록하는 버릇이 있지
너의 죽음도 네 몸속에 기록되어 있는지

너의 오래된 기록들을 꺼내 들추다
울컥거리지만
오늘의 엄숙함으로도
지나간 계절들을 복구하지는 못했지
붉은 노을로도
설렜고 눈부셨던 나날을 되돌리지는 못했지

그러니까
슬픔이 너의 죽음을 습격하지 않기를
너의 기록들이 그리움에 들키지 않기를

그러니까
너의 오랜 시간은 어떤 무늬로 남았는지

문득

이삿짐의 재발견

서쪽 하늘을 닮은 반지하 단칸방에서
버려야 할 것과 간직해야 할 것들이
잊어야 할 것과 잊지 말아야 할 것들이
한데 뒤엉켜 아우성치는 밤에 이삿짐을 싼다.

옷장 속에서만 겨울을 이겨 내고 있는 소심한 잠바와 더
이상 새벽을 향해 뛸 수 없는 나약한 운동화, 민들레꽃 한 송
이 피우지 못하는 옹졸한 화분, 안부전화 한 통 할 수 없는
불통의 전화기, 이런 것들을 버린다.

잔뜩 먼지 먹은 책 속에 숨어 있는 낡은 문장과 냉장고 속
검은 비닐봉지에서 상해 버린 짓무른 희망들, 눅눅한 어둠
속에서 갈수록 난폭해지려는 기다림, 이런 것들을 비운다.

짐을 싼다는 건
버려야 할 것을 버린다는 것

버린다는 건
아쉽도록 비운다는 것
비운다는 건
여백을 주고 투명해진다는 것

　울림통 깨진 기타 같은 나의 시들을 폐기물 딱지 붙여 던져 놓고는 맑은 소주 한 잔 카 하고 털어 넣으니 뉘엿뉘엿한 보따리와 시름 가득 찬 박스 사이에서 내장까지 훤히 비치는 가난한 짐짝 하나 굴러다닌다.

안
부

2

그해

긴 겨울을 헤매다가

마음을 어찌해 보려 들어선 허름한 산사는

공간보다는 시간 속에 있는 것 같다고 했지

지금도 해 질 녘 뉘엿뉘엿한

그곳에서

너는 무사히 죽어 가고 있는지

더 이상

누구에게 죽지도 누군가를 죽이지도 않으면서

빼앗기지도 빼앗지도 않으면서

울지도 울리지도 않으면서

그렇게 무사히 죽어 가고 있는지

나도 그렇게

무사히 죽어 가고 있는지

나는 나쁜 시를 쓰고 있었다

골방의 새로운 계절들이 그것을 말해 주었다

가난한 노동이 버거운 여자 옆에서
사랑과 나눔을 노래하고 있는 것
젊고 어리숙한 절망들 앞에서
대형 서점 매대에서 죽어 가고 있는
희망과 위안들을 복제하고 있는 것
나는 나쁜 시를 쓰고 있었다

창문을 열어도 별들이 보이지 않아 눈물이 난다

주저앉은 낙타는 고비 사막의 모래바람으로 사라지고
대신 짐짝을 짊어진 세월이 힘겹게 산을 오른다
뒤를 덮친 산그늘에도 나는 죽지 못했다
죽지 못해서 슬펐던 나는
계속해서 나쁜 시를 쓸 것이다

쾡한 눈을 한 새벽이 그것을 말해 주었다

이별의 문법

이별은 언제나 밤 기차를 타지
기차는 왜 하필 바다로 향하는지
헤어진 발자국들이 밤새 바다를 서성이고 있지

바다가 잠들지 못하는 이유를 알 것 같기도 하지

고백의 순간

네 생각에 설레고 또 네 생각에 쓸쓸해지고
때론 숨이 쉬어지지 않아 가슴 터질 것도 같고
눈치도 없이 나대는 심장 때문에 울컥하기도 할 때

아무리 가두어도 뛰쳐나오는 네 생각이
종일토록 날 따라다녀 하루가 엉망이 되고
순간 먹먹하다가도 피식 웃음이 나기도 할 때

차고 맑은 풍경 소리에 눈물이 나고
하얗게 밤을 지새운 문장들이 잠들기 전에
더 늦기 전에

모든 순간 내가 네 편이 될 수 있을 때
내 노래가 오롯이 너에게 위로가 될 때
바로 그 순간

가을이 가난해서

가을이 가난해서
단풍도 다 물들지 못해서
마음 하나 붉게 어쩌지 못하고
청춘은 아주 멀어만 가고

가을이 가난해서
가지 끝에 홍시 하나 남기지 못해서
새들은 모두 떠나고
인생은 점점 앙상하게 길어만 지고

가을이 가난해서
너는 더욱 보고 싶고

별도 달도 없는 빈 하늘엔
어득한 그리움만 가득 차고

틈

건조한 도시의 보도블록 틈새로
민들레가 피고
산허리 엉성한 돌탑이
오랜 세월을 버티고 서 있는 건
틈이 있기 때문이다

숨 쉴 수 있는
틈,
틈이 있으면 살 수 있다
바람이 드나드는
틈,
틈이 있어야 무너지지 않는다

그래서 삶은
채우고 메우는 것이 아닌
비우고 틈을 만드는 시간

무너지지 않고
살기 위하여
꽃 피기 위하여

3부.

안아 주기

: 사랑
그리고 위로

고향

너의 고향은 겨울이라고 했지
어둑어둑한 마음에
함박눈 하얗게 내리는 푹푹한

너의 고향은 노래라고 했지
지친 하루의 끝에서
'괜찮아 잘하고 있어' 한 소절에 울컥해지는

너의 고향은 새벽이라고 했지
어느 흐릿한 별에서
졸고 있는 시 한 편 깨우는

위로가 되는
어느 시간 안에 있지
너의 고향은

치유의 시간

새벽의 서쪽에서
잠들지 못한 바람이 나를 흔드는 시간
흔들리는 내가 별들을 바라보는 시간
새벽 세 시

한 잔 술은 너무 늦고 모닝커피는 아직 이른 시간
어느 골방에서 부스스한 그림자 하나 쪼그려 앉아 있고
어둑한 바닥에선 개 한 마리가 꿈꾸고 있는 시간

누구도 훔쳐보는 이 없고
어떤 소문도 떠돌지 않는 시간

온전히 혼자가 될 수 있는
비로소 나로 숨 쉴 수 있는

오직 자유의

새벽 세 시 그 치유의 시간

한 번쯤 슬픈 이별이 불쑥 전화를 걸어 와도
심장은 나대지 않기
떠돌던 나의 죄들이 좀비처럼 살아 돌아와도
스스로 죽지 않기
홀로 거룩해지지 않기
활활 타오르지 않기

잠들 수 없는 바람을
우두커니 괴고 있는

새벽 세 시 그 시적인 공간

마음에 힘주지 말기

마음 풍경

우두커니 걷다가
허름한 골목길 담벼락 틈새로 피어난
꽃 한 송이 만났습니다

오늘도 버거웠을 하루를 생각하며
오래도록 눈 맞춥니다

마음이 무턱대고
꽃 한 송이 데리고 먼저 집으로 갑니다

사
모
곡

당신 떠나시던 날
이른 새벽보다 먼저 따라나선 풍경 소리에
세상 모든 말들이 지워집니다
말을 잃은 텅 빈 머릿속으로
바람이 불고
눈가에 아슬아슬 달려 있던 이슬들이
스르르 떨어져 내리네요
미안합니다
이미 늦었지만

당신 떠나시고
낡은 옷장 속에서
당신이 이 세상에서 누려 온
가난과 아픔과 외로움을 꺼내어
뒤척이는 이 밤에 태우고 있습니다
미안합니다

이미 늦었지만

먹먹해진 시간 속으로
강물이 흐르고
이제 흐릿하게 아침이 오면
당신 없는 세상에서
한 방울 눈물이 될 그리움도
못내 흘려 보내겠습니다
사랑합니다
이미 늦었지만

행복

봄이라서
여름이라서
가을이라서
겨울이라서

이 모든 계절이 너와 함께라서

사랑법

우리들 사랑이
아침 햇살이면 좋겠어
때로는
먼지처럼 하찮아진 삶도
눈부시게 비춰 주는
창틈으로 슬며시 찾아온 봄날
아침 햇살 같은

우리들 사랑이
강물이면 좋겠어
종일토록 가난한 노동으로 부르튼 인생도
잠시 시원하게 발 담글 수 있게
늘 낮은 곳으로 흐르는 여름날
강물 같은

우리들 사랑이

단풍이면 좋겠어
언제부턴가 사막이 된 우리들 가슴도
다시 붉게 물들이는
기나긴 시간을 묵묵히 담아낸 가을날
단풍 같은

우리들 사랑이
장작이면 좋겠어
차고 어둔 밤, 새벽을 찾아 나선 이들의
뜨끈한 국밥 한 그릇 데워 줄 겨울날
장작불 같은
그런
사랑이면
정말
좋겠어
우리들
사랑은

엄
마

생
각

시골집 툇마루에 덩그러니 놓여 있는,
평생 물에 잠긴 오이지와 찬밥 한 술만 품고 살았던
쪼그려 앉아 있는 밥상 앞에서
뜨거운 주책만 주르륵 흐르는데
등 뒤로 저무는 햇살이 슬며시 다가와
토닥
토닥

돌이켜 보면

모든 상처는 아득하다

으스러져도 찢겨도
큰 상처든 작은 상처든

온종일 거리를 헤매던 슬픔도
한가득 부풀어 오른 그리움도
순간 어김없는 공포도

모두 아득해질 것이다

사랑이 준 상처로 바다는 더 깊어질 것이고
믿음이 준 상처 때문에 나무들이 더 푸르를 것이며
희망이 준 상처가 쌓여 가을은 더 풍성해질 것이다

아마도

그럴 것이다

사
랑

함께

오래도록

그러다 언젠가는 다시

홀로 남아

그리워하는

사월 그리고

오늘은 누구의 창틈에 스며든 눈부신 햇살이었는지
어떤 저녁을 준비하는 빛나는 별이었는지
너희들 세상에서는 그 무엇으로 지내고 있는지

사월은 끝도 없는 기다림
바다는 더 깊어만 가고 마지막 말들은 그저 젖어만 들고
아직 건지지 못한 봄날에 눈물은 또 바다로 나가고

그러나 사월은 꺼지지 않는 촛불
가슴을 온통 물들인 노란 리본
흐드러지게 활짝 핀 바람개비

그리고 다시 사월

눈부신 햇살이 되었겠지
빛나는 별들도 되었겠지

너희들 세상에서는 그 무엇으로 살아도 좋겠어

햇살 가득한 사월로 살아도 좋겠어

사랑, 그거

사랑한다는 거
그 사람의 모두를 만난다는 것
그의 상처와 그가 가진 연민과
그리움까지도 만나야 하는 것

어쩜 외로워질 수도 있는 것
두려운 것 용기가 필요한 것
그래서 다시
그립고 그리운 거

힐링캠프

무엇이든 치유되는 신비로운 공간이 있습니다

처음은 어머니의 품이었고
골목 끝 담벼락이었다가
어두운 골방이었다가
출렁이는 바다였다가
덜컹거리는 기차였다가
가을비 내리는 카페이기도 했던

그곳에서 뜨거운 눈물로

어쩌지 못하는 외로움을 안아 주고
시간 속에 갇힌 그리움을 풀어 줍니다

스스로 자라는 불안을 깎아 내어
나로 인해 상처받은 가족과 이웃에게 편지를 씁니다

하루가 힘겨운 조금은 소심한 사람들을 위해 기도하며
한 시대를 견디고 살아야 하는 모든 을들을 위하여 노래합
니다

참 맑고 푸른 바람이 불어옵니다
이 시적인 공간에

미
안
하
다

허락도 없이 너를 사랑해서
그 사랑이 너를 아프게 해서

행복했던 순간들은 기록되지 못했고
시커멓게 그을린 문장들만 남아서

그럼에도 기댈 곳이 너밖에 없어서
그런 나를 꼬옥 안아 주어서

선
물

오늘도 쉬이 오지 않는 널 기다리지

시집을 읽고
노래를 듣고
커피를 마시면서

별들도 없는 밤에는
양 한 마리
양 두 마리를 찾으면서

햇살 좋은 가을날
여우비도 맞고
젖은 가슴
창가에 널어놓기도 하면서

널 기다려 그러다가

눈물이라도 나대려고 하면
빈 하늘을 봐
그리고 또
널 기다려

진심,
날 위해서

자꾸만 눈물 나려고 해

너덜대는 하루의 끝에서
힘겹게 걷고 있는 그림자를
슬며시 비춰 주는
저 초승달 때문에

욱신거리는 상처로
밤새 뒤척이는 창문을
환하게 지키고 선
저 작은 별 때문에

어느 별에서

빈 하늘에 여우비가 내려요
어느 별에서
나의 상처를 슬퍼하고 있나 봐요

캄캄한 창문 틈새가 어스름하게 밝아 와요
어느 별에서
날 위해 촛불 밝혀 기도하나 봐요

자꾸 밤이 덜컹거려요
날 지켜 주느라 잠 못 들고 있나 봐요
어느 별에서

행복
2

이 세상에
날 믿어 주는 단 한 사람이 있어
오늘도 숨을 쉬고
밥을 먹고
잠을 자

상사화
지리산

벼락 치듯 오는 사랑이
한 번쯤 그리운 날이 있다

본 적도 없는 그대 생각이
언 강 밑으로 흐르고
주인 없는 암자의 기다림도 없이
눈 덮인 뱀사골처럼 사무치는 날이 있다

첫눈 같은 입맞춤이 없어도
연하봉에 안개 자욱하고
함박눈이 내리지 않아도
대성골 계곡에서 묵묵해지는 날
사랑이 아니어도
괜찮은 날이 있다

그리 오래지 않은 옛날

집 떠난 반란의 새벽녘처럼
가슴 한 켠에
눈보라만 몰아치는 날이 있다

삼백 년간 저 산을 지켜 오던 화엄사 올벚나무도
벼락 치듯 오는 사랑이
한 번쯤
그리운 날이 있다

4부.

세상 속으로
: 공감하고
소통하고

홀
로

보도블록 틈새로
아슬아슬 피어난
쑥부쟁이 한 송이
너무 힘들어하지는 말자

홀로 외로워서 신비로운

위태롭게 눈물겨워 당당한

홀로일수록
깊게
단단하게
뿌리내리고
살자

성지 그리움의

달 그림자는 없었다
시인도 보이지 않고

오래된 시간만이 홀로 남아
수만 권의 책들을 켜켜이 쌓아 놓았다
책 끝에 달린 고드름 사이로
한 여인이 겨울을 밀고 들어온다
파도를 닮은 그녀가 찾는 것이
죽음의 경전인지 이별의 문법인지는 묻지 않았다
풍경을 뒤적거리는 그녀의 눈빛 따라
해는 뉘엿뉘엿 지고

하필 겨울

그것도 해 지는 서쪽 바다

거기에 저물녘 노을은 아득하고

변산반도 채석강

완벽한 그리움의 성지

여인이 찾는 문장은 무사히 복원되었는지
내가 살아 낸 오늘은 어떤 시로 남았는지
하얗게 시린 그리움만 푹푹 쌓이고

시
적

공
간

그래서

양수리란 말에는 그리움이 배어 있어

가을밤

그것도 소낙비 내리는 밤

강물과 강물이 만나는 곳에서

홀로 남겨진 빈집 같은

밤
기
차

가을바람에 흔들리는 밤이 오고
사랑을 잃은 사람들이 기차를 탄다
헝클어진 사랑
덜컹거리는 사랑
날카로운 사랑이
완강한 어둠 속에 앉아 있고
차창 밖으로 상처들이 스쳐 지나간다
까마득한 터널을 지나는 동안
사람과 사랑과 삶이 서로를 부둥켜안는다

누군가를 떠나보낸
흰 국화 같은 오늘 밤
홀로 남겨진 사랑들이
여수행 무궁화호 1517 열차에 오른다

동백꽃 질 때는

통째로 떨어진다 후두둑 후둑
새빨간 꽃잎 그냥 간직한 채로

아낌없이 한 세상 타올랐으니
가지 끝에 매달려 미련 떨지 마

시린 겨울 더욱더 시리게 푹푹
내리는 눈꽃처럼 그렇게 문득

새벽기도

쓸쓸한 이 세상에
그대 오시려거든

가난한 가슴에 잠들어 있는
눅눅한 별 하나 깨워 줄
아침 햇살 되어 오세요

철통같은 어둠 뚫고
창틈으로 슬며시 스며드는
초승달로 오세요

아무리 단단하게 얼어붙어도
가장 낮은 밑바닥에서
쉼 없이 흐르는 강물 되어 오세요

첫눈이 내리지 않아도

겨울 속에서 성큼성큼 걸어 나와
사람의 마을 지키고 선 눈사람으로 오세요

쓸쓸하고 쓸쓸한 이 세상에
그대 오시려거든

전쟁 같은 시간을 지나
단 한 줄로 살아남은
차고 맑은 시가 되어 오세요

정녕
그대
다시 오시려거든

노을

하루가 고단했던 햇살이 졸고 있는 강가에서
어스름 산 그림자 하나가
오래도록 아팠고 헛되었고 무너졌던 시간들을
조금씩 흘려보내고 있다
인연들을 흘려보내고
한 시절도 흘려보내고
아직은 퇴고되지 않은 인생도
뉘엿뉘엿
서쪽 하늘로 흘러간다

혼돈시대

하나의 달이 온 밤을 밝힐 수 없는 시대 수많은
별들이 반짝이는 찰나에 사라지는 시대 때론
어둠에는 어둠으로 맞서기도 해야 하는 시대 그
어둠마저도 위태로운 시대 빛과 어둠이 동시에
새벽을 기다리는 시대 어디에도
정답이 없는 시대 하여,

다가올 새벽을 위해

희미하더라도

꺼지지 않는 불씨가 되어야 한다

우리 스스로 새로운 길이 될 때까지

자작나무 숲

겨울을 닮은

자작나무를 보러 왔다 자꾸

시린 하늘만 쳐다본다 언뜻

눈가에 스치는 이슬에

애먼

고요만

흔들고 간다

쉬어 가자

이토록
달빛 밝은데
홀로 눈물짓지 말자

이처럼
별들 가득한데
골방으로 숨어들지 말자

달빛 밝고
별들 가득한
한밤중이다
걱정도 쉬어 가자
아픔도 좀 쉬어 가자

빛나지 않아도
늘

보이지 않아도
항상

달과
별은
언제나 떠 있으니까

여백주기

오래된 마당에서
홀로 늙어 가던 감나무가
슬머시
홍시 하나
툭,

툇마루에 기대어
까딱
졸던 바람이
껌벅 껌벅거리다가

저무는 가을을

스윽

쓸고 지나간다

흰
국
화

어떤 언어를 품고 있기에
죽은 자들도 위로할 수 있는지

이별의 마음 전하느라
저리도 시리게 애태우고 있는지

하얗게 젖어 가는 가을은
아무 말도 없고

세상은 언제나
안녕하고

눈부신 이른 아침에 박스 가득한 등 굽은 유모차를 밀어
본 적 없고

어둑한 골목에서 엄마를 기다리는 어린 신발을 토닥인 적
없고

새벽녘 로드킬당한 고양이를 위해 기도한 적 없고

사람이 무서워 골방으로 숨어든 좁은 어깨를 안아 준 적도
없는

연민도 없이
어떤 사랑도 없이

시

시작은
너에게 보내는 수줍은 연서였는데

점점
아픈 이에게 보내는 눈물이었다가
힘없는 이들에게 보내는 응원이었다가

이제는 다시
내게로 흐르는 강물이 되었어

진달래

겨울을 넘어
겨울을 견디어 낸
그 붉은 상처로
사람의 마을 물들였어요
시린 봄날
한 편의
시
처
럼

스물에는

지금 소확행이 트렌드라지만
작지만 확실한 행복만을 찾다 보면

작은 일에도 상처받게 되고
작은 것들이 전부가 되기도 하지

애들아, 너희는

작은 것에만 연연하지 말고 큰 뜻을 품어도 돼
확실한 것에만 마음 두지 말고 모험적이고 무모해도 좋아

인생이 행복만으로 이루어지지 않기에
불행도 받아들이며 함께 살아야 하기에

작지만 확실한 행복, 아직은 쫓지 않아도 돼
사랑도 희망도 혁명도 찾아 나서야 할 것들이 너무도 많

잖아

너희는 이제 막 시작하는
청춘이니까

피할 수 없는

아주 먼 이야기 같지만
실은 아주 가까이 있는 것
시작만 있을 뿐 끝을 알 수 없는 것
두렵지만 반드시 찾아오는 것
누구도 결코 피할 수 없는 것

너무 살고 싶어서
죽고 싶은 날도 있고
때론 죽지 못해서 살기도 하고
어떤 삶은 죽음도 불사하고

삶과 죽음은 언제나 동행하면서
그렇게 오늘을 살아 내면서
만나는

시간을 넘어온 바람 같은 것일지도

시린 흰 국화 같은 것일지도

머물지 않는 강물 같은 것일지도

중력

  제주인가 보다 나를 끌어당기는 힘의 원천이 고드름은 처
마 밑으로 자라고 중력은 또다시 나를 한라산으로 불렀다 거
센 비바람에 포위당한 깔딱고개 절벽에서 한 번도 만나지 못
한 두려움과 마주하고 몇 해 전 봄날에 헤어진 눈사람을 생
각했다 눈사람도 겨울이 오면 신비로운 힘에 이끌려 이처럼
불쑥 한라산에 다시 오를 것이다

  제주는 밀당에서 항상 나를 이기고 나는 다시 애월로 향
한다
  서쪽 하늘에 걸터앉은 낮달이 속삭인다
  스스로 위로받을 수 있는 공간 하나쯤은 가져도 된다고
  지치고 힘겨운 시간 앞에서 중력은 늘 치유의 공간으로 너
를 끌어당길 것이라고
  그것이 생의 비밀이라고
  그것이 우주의 법칙이라고

그러니까

상처받고 아파도 괜찮다고

다시 제주여도 괜찮다고

아포리즘,
위안과 공감의 힘

이병일(시인, 명지전문대 문예창작과 교수)

1. 낮은 존재의 갸륵한 행동

옥세현의 시집 《나도 가끔은》은 "나와 헤어진 사람들을 위해/나에게 무해한 모든 것들을 위해"(《사막여행》) "녹슬어 가는 문장"(《자서전》)으로 쓰인 시집이다. 그래서 그의 시에서 자주 세월, 인생, 사랑, 그리움, 아픔, 죽음, 울음들이 출몰한다. 그는 삶의 누추함과 곤궁이 있는 "시집을 읽고/노래를 듣고/커피를 마시면서//별들도 없는 밤"에 "양 한 마리/양 두 마리를 찾"(《선물》)는 여행자이기도 하다. 옥세현의 시를 읽으면 생활에 감추어져 있던 시간의 마디마디가 환난이었음을 깨닫게 된다. 그는 문학 심리상담사로서 겪는 일상 속에서 아포리즘을 담아낸다. 이렇게 그의 시는 아픈 몸의 감각을 들여다본다. 시적 화자, '나'가 움직이며 관찰하는 세계는

인간적인 아픔과 슬픔, 그리움으로 가득하다. 특히 시적 화자의 삶 전반을 장악하고 있는 것은 "버려야 할 것과 간직해야 할 것들"이고 "잊어야 할 것과 잊지 말아야 할 것들"(〈이삿짐의 재발견〉)이다. 시적 화자의 마음에 어떤 후회와 반성이 뒤늦게 찾아올 때, 그는 쓸쓸한 눈으로 무능한 존재, 불효하는 마음으로 '백세요양원'을 들여다본다.

　　햇살 좋은 일요일
　　당신 집을 나오면서 자꾸 눈가를 훔칠 것이다

　　휠체어에 납작 붙어 있는 그림자를 보며
　　억지웃음을 환하게 지을 것이다

　　틀니도 없는 마른 입속으로
　　편의점의 차가운 두유를 넣어 줄 것이다

　　내가 누구예요 엄마 이름이 뭐야
　　질서정연한 의미 없는 질문들이 튀어나올 것이다

　　이미 폐지가 된 손을 잡으며
　　마치 처음처럼 울컥해질 것이다

　　스마트폰 속 젊은 날을 찾아
　　지워진 얼굴들을 한 장 한 장 넘겨 줄 것이다

시계를 힐끔거리며
말라붙은 어깨를 애무할 것이다

다음에 다시 올게요
습관이 된 말을 뱉으며 서두를 것이다

엄마인지 아닌지 모르는 그림자가
손을 뻗으며 검은 눈물만 흘릴 것이다

일주일을 온통 나를 기다리고 있었나요
덜컹거리는 휴지로 홀로 남을 눈물을 닦아 줄 것이다

다시 혼자가 된 당신의 시간은
기억의 반대편 어디쯤에서 멈출 것이다

다음에 다시 올게요 백세요양원,
당신 집을 나오면서 자꾸 눈가를 훔칠 것이다

—〈뻔한 일요일〉 전문

이 시는 뻔한 일상을 그리되, 뻔하지 않다. 사소하고도 구체적인 체험이 그대로 노출되어 있기 때문이다. 시적 화자는 백세요양원에 모실 노모를 생각한다. 이 시를 읽으면 시적 화자의 곤란함, 괴로움, 죄책감, 윤리적인 책임감에 공감하게 된다. 어쩔 수 없음의 예행연습이랄까. 시인은 얼굴에 감

취진 미묘한 표정, 이를테면 "틀니도 없는 마른 입속"과 "폐지가 된 손"과 "말라붙은 어깨"를 관찰하고 묘사하듯 기록하고 있다. "휠체어에 납작 붙어 있는 그림자를 보며" 괴로운 감정을 다스리는 시적 화자를 생각하면 콧등이 시큰해진다. 친밀하게 생을 바라보는 시인의 눈이다. 요양원이라는 장소를 시인은 "당신 집"이라고 호명하면서 노모에 대한 그리움, 보편적인 그리움을 다정하게 그려 내며 공감을 자아내고 있다. 이때 눈에 뜨이는 것은 감추면서 드러내는 장소성과 쉬운 단어와 문장들로 풀어 나가는 언어와 감각이다. 낮은 존재의 갸륵한 행동이라고 할 수 있겠다.

2. 틈, 생각지 못한 이야기

시인은 일상어를 통해 세상과 사람과 동식물과 이야기한다. 엄밀히 말하자면 시인은 세상 그 무엇과도 소통을 할 수 있다는 뜻이다. 옥세현은 "울림통 깨진 기타 같은 나의 시"(《이삿짐의 재발견》) 혹은 "계속해서 나쁜 시"(《나는 나쁜 시를 쓰고 있었다》)를 쓰겠다고 말한다. 나쁜 시를 쓰는 시인이 어디에 있는가. 세상엔 나쁜 시는 존재하지 않는다. 절박과 애절 사이에서 쓰고 싶은 마음을 가지고 사는 사람이 시인이다. 옥세현은 시를 쓰면서 '삶'이 한층 더 깊은 의미를 갖게 해 준다. 이는 삶을 응시하게 하고 그 사이에서 '틈'을 발견하는 자세를 불러온다. 틈은 삶에서 한발 비켜나 있어야 잘 보인다. 틈을 잘 발견하는 사람은 우리를 살아 있게 하는 삶의 기미들이 무엇인지 잘 안다. 다음과 같은 시를 읽어 보자.

건조한 도시의 보도블록 틈새로
민들레가 피고
산허리 엉성한 돌탑이
오랜 세월을 버티고 서 있는 건
틈이 있기 때문이다

숨 쉴 수 있는
틈,
틈이 있으면 살 수 있다
바람이 드나드는
틈,
틈이 있어야 무너지지 않는다

그래서 삶은
채우고 메우는 것이 아닌
비우고 틈을 만드는 시간

무너지지 않고
살기 위하여
꽃 피기 위하여

—〈틈〉 전문

이 시는 '틈'이 하나의 사건이자 비범함을 갖고 있음을 말해
주는 작품이다. 시적 화자는 보도블록 틈새를 유심히 관찰한
다. 거기에 민들레가 피었다. 이 사소한 관심은 어느 날 "산허
리 엉성한 돌탑"으로 가 머문다. 거기에서 시적 화자는 바람을
쐬면서 돌탑이 "오랜 세월을 버티고 서 있"게 해 주는 것이 '틈'
이었다고 말한다. 이때의 틈은 지속되는 시간을 의미하는 동
시에 간극을 벌려 놓는 힘의 무늬다. 시적 화자는 "틈이 있어
야 무너지지 않는다"는 사유로 우리에게 일침을 놓는다. 이때
주목해야 하는 것은 "채우고 메우는 것이 아닌/비우고 틈을 만
드는 시간"이란 삶의 은유다. 이 선언이 흥미로운 이유는 "무
너지지 않고/살기 위하여/꽃 피기 위하여"란 결구 때문이다.
이 모종의 깨달음이 꽤 낯설게 느껴진다. 시간이라는 틈을 끈
질기게 인식하려는 시적 태도는 이제 여백으로 향한다.

오래된 마당에서
홀로 늙어 가던 감나무가
슬며시
홍시 하나
툭,

툇마루에 기대어
까딱
졸던 바람이
껌벅 껌벅거리다가

저무는 가을을

스윽

쓸고 지나간다

—〈여백주기〉 전문

자, 이 시를 읽었으니 대답해 보길 바란다. 당신은 여백이 무엇이라고 생각하는가. 여백은 예외적인 사건 속에서 발생한다. 이 시는 시각적인 것과 청각적인 것을 동시에 감각하게 한다. 감나무에서 홍시 하나가 떨어지는 순간, 귀는 눈동자가 된다. 소리를 보는 눈이 된 것이다. 흥미롭게도 시적 화자는 툇마루에 졸고 있는 바람을 응시한다. 홍시 깨지는 소리에 놀란 바람이 '스윽' 저무는 가을을 쓸고 지나간다. 이 특별할 것 없는 공간에서 "홀로 늙어 가던 감나무"는 "졸던 바람"을 깨우고, 또 바람은 "툇마루"가 있는 집과 마당을 깨우듯이 자연스러운 반향을 이끌어 낸다. 그 반향의 자리가 바로 여백인 것이다.

3. 위안과 공감의 힘

옥세현은 평범한 것이 특별한 것이라고 믿고 있는 듯하다. 거기에 위안과 공감의 힘이 있다. 그는 시적 표현이나 내용 혹은 형식을 그다지 중요하게 여기지 않는 듯하다. 그에게는 그저 계속해서 감응하고, 감동할 수 있는 시적 순간만 있을 뿐이다.

앙상한 11월. 어눌한 산그늘의 헛기침에도 바스러지는 것.

흐르지 않는 강물. 다음 생으로 거슬러 오르지 못하는 은어 떼.

밤을 뒤척이다 덜컹거리는 마른기침. 더욱 단단해진 각질 같은 것.

캄캄한 밤보다 더 불온한 새벽. 자아분열 중인 심장.

그러다,
처마 끝에서
툭
툭
떨어지는 소낙비.
그
소낙비가
내는
풍경 소리.

—〈중년〉 전문

일찍이 시인 고영민은 "거울을 보는데 내 얼굴에서/아버지가 보였다//중년이라고/중얼거려보았다"(《중년(中年)》, 《구구》, 문학동네, 2015)라고 노래했다. 그런데 옥세현은 중년을 "불온한 새벽"이자 "자아분열 중인 심장"이라고 명명한다. '중년'이 온전하게 닳고 부서지는 게 아니라 "처마 끝에서" "떨어지는 소낙비"로 변형된다는 점이 새롭다. 그리고 그것은 다시 "소낙비가/내는/풍경 소리"로 변모한다. 시인은 중년을 늙어 가는 시간으로 해석하지 않는다. 운동과 변형으로 나아가는 풍경(風磬) 소리가 또 하나의 세계, 즉 중년이라는 사실을 발견한다.

　　그 소리는 "숲 낮은 그늘에 가려져 있는 질경이와 씀바귀를 밟고 지나" "생각지 못한 모든 죄에 대한 용서를 구하"(《해질 녘의 단상》)는 치유의 공간으로 나아간다.

새벽의 서쪽에서
잠들지 못한 바람이 나를 흔드는 시간
흔들리는 내가 별들을 바라보는 시간
새벽 세 시

한 잔 술은 너무 늦고 모닝커피는 아직 이른 시간
어느 골방에서 부스스한 그림자 하나 쪼그려 앉아 있고
어둑한 바닥에선 개 한 마리가 꿈꾸고 있는 시간

누구도 훔쳐보는 이 없고

어떤 소문도 떠돌지 않는 시간

온전히 혼자가 될 수 있는
비로소 나로 숨 쉴 수 있는

오직 자유의
새벽 세 시 그 치유의 시간

한 번쯤 슬픈 이별이 불쑥 전화를 걸어 와도
심장은 나대지 않기
떠돌던 나의 죄들이 좀비처럼 살아 돌아와도
스스로 죽지 않기
홀로 거룩해지지 않기
활활 타오르지 않기

잠들 수 없는 바람을
우두커니 괴고 있는

새벽 세 시 그 시적인 공간

마음에 힘주지 말기

—〈치유의 시간〉 전문

치유의 시간은 한 세계에 맞서는 개인의 갈등과 고투 이전에, 한 사람을 향한 한 사람의 마음을 깊게 응시하는 데에서 생겨나는 힘이다. 우리가 존재하는 세계와 그 세계를 인식하고 감관하는 공간 속에서 우리의 삶을 다시 발견하는 이야기이기도 하다. 이 치유의 시간은 세계에 저항하지 않고 순응하는 시적 순간을 보여 준다. 이 작품은 한 폭의 풍경화 같다. 고요한 시인이 정갈한 언어로 그려 낸 풍경이다. 이 시의 특징은 잔잔한 수면 같은데 물결이 접히지 않는 수면 같기도 하다. 그러니까 이 시는 몸으로 쓴 시다. "바람이 나를 흔드는 시간/흔들리는 내가 별들을 바라보"고 있는 까닭이다. 몸에 스미는 시간, "새벽 세 시"는 "온전히 혼자가 될 수 있"고 "비로소 나로 숨 쉴 수 있는" 공간이다.

그 공간 속에서 시적 화자는 "심장은 나대지 않"길 바라고, "스스로 죽지 않기"를, "홀로 거룩해지지 않기"를, "활활 타오르지 않기"를 바란다. "새벽 세 시"는 "누구도 훔쳐보는 이 없고/어떤 소문도 떠돌지 않는 시간"이다. 그런데 그 시적인 공간에 풍경이 드러나면 상처가 숨을 것만 같고, 상처가 드러나면 풍경이 숨을 것만 같다.

우리는 살아가면서 고통과 절망을 겪지 않을 도리가 없다. 맞서다가 상처가 깊어지곤 한다. 그런데 어떤 상처는 삶을 곧게 살아갈 힘을 준다. 김수영식으로 말하면 '온몸으로 동시에 온몸을 밀고 가는 시'는 마음을 쓰게 한다.

이토록

달빛 밝은데

홀로 눈물짓지 말자

이처럼
별들 가득한데
골방으로 숨어들지 말자

달빛 밝고
별들 가득한
한밤중이다
걱정도 쉬어 가자
아픔도 좀 쉬어 가자

빛나지 않아도
늘
보이지 않아도
항상

달과
별은
언제나 떠 있으니까

—⟨쉬어가자⟩ 전문

시인에게는 바라보는 일이 중요하다. 바라봐야 걱정도 아
픔도 쉬어갈 수 있으니까. 달과 별을 보면 "빛나지 않아도"

"보이지 않아도" 배려하는 '마음'이 생긴다. 문학 심리상담사는 다양한 인생을 채집하는 이야기꾼이다. 옥세현에게 시는 자기 구원의 글쓰기이면서 사람의 마음을 치유하는 능력을 가지는 마법이다. 그러니까 시인은 마음을 어떤 이로움으로 쓸 것인가 궁리한다. 시인은 적어도 치유되는 마음이 어디에서 비롯되고, 어떤 윤곽과 이미지를 갖는지, 또 어떻게 흘러가는지, 그 과정을 조짐과 징후로 읽어 내는 일에 게으르지 않다.

실패작을 많이 써 줬으면 좋겠다. 시는 실패로 이루어진 건축물이니까. 시는 말로 담을 수 없는 것을 담아낼 수 있는 그릇이지만, 그 그릇은 쉽게 깨진다. 그렇다고 멈출 수는 없다. 당신과 나, 타자의 관계 속에서 더없이 부유하는 사물의 심연 속으로 깊게 들어가 보길 바란다. 옥세현의 첫 시집은 잔잔한 감흥을 주는 가작이 많았다. 앞으로 그의 시가 아포리즘을 넘어 또 다른 세계로 가닿길 바란다.

나도 가끔은
ⓒ 옥세현, 2024

초판 1쇄 인쇄 2024년 3월 20일
초판 1쇄 발행 2024년 4월 3일

지은이 | 옥세현
발행인 | 강봉자·김은경

펴낸곳 | (주)문학수첩
주 소 | 경기도 파주시 회동길 503-1(문발동 633-4) 출판문화단지
전 화 | 031-955-9088(대표번호), 9536(편집부)
팩 스 | 031-955-9066
등 록 | 1991년 11월 27일 제16-482호

홈페이지 | www.moonhak.co.kr
블로그 | blog.naver.com/moonhak91
이메일 | moonhak@moonhak.co.kr

ISBN 979-11-93790-07-6 03810

＊ 파본은 구매처에서 바꾸어 드립니다.